AF178589

Unvergessen

Gewidmet für Nikola Jovicic.
Vater. Ehemann. Held.

Marko Jovicic

Unvergessen

Kampf eines Lebens

© 2022 Marko Jovicic

Buchsatz von tredition, erstellt mit dem tredition Designer

ISBN Softcover: 978-3-347-54194-8
ISBN Hardcover: 978-3-347-54198-6
ISBN E-Book: 978-3-347-54200-6
ISBN Großdruck: 978-3-347-54219-8

Druck und Distribution im Auftrag des Autors:
tredition GmbH, Halenreie 40-44, 22359 Hamburg, Germany

Inhaltsverzeichnis

Vorwort des Autors

Dragi moj Ćale,

heute ist dein Geburtstag. Der Erste, den du nicht selber erlebst. Zumindest nicht in unserer Welt. Vor knapp einem Monat hast du dich auf die Reise gemacht. Das erste Mal ohne uns. Es hatte sich zwar angekündigt, aber trotzdem fühlt es sich ... komisch an.

Denn du bist nicht weg. Du bist überall. Dein Wesen, dein Geist sind noch so präsent. Und doch weiß ich, dass meine Augen nie wieder dein Antlitz sehen werden. Es fällt mir schwer, diese beiden Tatsachen unter einen Hut zu bringen.

Einerseits weigere ich mich, dein Nicht-da-Sein einfach so zu akzeptieren, andererseits, vergib' mir, wenn ich das so sage, erleichtert mich der Gedanke zu wissen, dass es dir jetzt besser geht.

Ich habe bewusst das Wort „wissen" benutzt, denn egal, wo du jetzt gerade bist, du bist nun frei. Frei von Krankenhäusern, Tabletten, Rollatoren, aber vor allem frei von Qualen. Qualen, die fast an Erniedrigung grenzten. Hauptsächlich vor dir selbst.

Jemand wie du akzeptiert es nicht so einfach, dass man um ihn herumtanzt, wie um ein kleines Kind.

Und trotzdem hast du es getan. Genau deswegen vermute ich. Wegen eines kleinen Kindes. Deines Enkels. Milian hat so viel von dir, was man jetzt schon sehen kann. Deine Arbeiterhände, deine Betriebsamkeit und deinen Drang, ständig etwas reparieren zu müssen. Das macht mich nicht nur stolz, sondern tröstet mich auch. Durch ihn sehe dich.

Doch zurück zu dem Wort „wissen". Natürlich weiß ich nicht im herkömmlichen Sinne, dass es dir dort besser geht, wo auch immer du gerade bist. Allerdings benutze ich dieses Wort bewusst, denn ein weiser Mann sagte einmal: „Deine Wahrnehmung bestimmt deine Realität."

In meiner Wahrnehmung, in meiner Welt, wenn du so willst, tanzt du Kolo mit Nedi, Stevo und Zoki, brennst Schnaps mit Čika Žile und Živan, erklärst Dado, wie die Welt funktioniert, unterhältst dich mit Paja über Autos, frischst Kindheitserlebnisse mit Sloba auf, und feierst mit Micha und Ivica euren gemeinsamen Geburtstag.

Dieses Bild legt sich wie ein warmer Mantel um mich im Sturm des Schmerzes und der Kälte der

Trauer. Die Tränen fließen zurück und der Kloß im Hals wird etwas kleiner.

Wir sind Männer, Pops, doch wir sind nicht aus Stein. Es gibt Momente, da sind die Emotionen einfach stärker. Aber wir können es uns nicht leisten, uns nur von Emotionen leiten zu lassen. Nicht, dass das etwas Schlimmes wäre. Aber wir beide wissen, wie verrückt diese Welt ist und wie schnell man sich in ihr verirrt, wenn man mit geschlossenen Augen durch sie hindurch geht.

Von daher wiederhole ich an dieser Stelle meine Bitte, die ich an dich gerichtet hatte, als ich aus Dortmund zurück nach Köln fuhr. Bitte hilf' mir, meinen, unseren Jungen so gut es geht, auf das Chaos da draußen vorzubereiten.

Du hattest niemanden, der dich seinerzeit an die Hand genommen hat, als deine Mutter, leider viel zu früh, ihre Reise antreten musste. Und trotzdem hast du dich irgendwie durchgeschlagen. Und nicht nur das. Du hast es geschafft, etwas aufzubauen. Mit Mitteln, die du eigentlich gar nicht hättest haben dürfen. Du hattest die Kraft, aus praktisch nichts eine Welt aufzubauen, in der wir, deine Kinder und die Mutti, behutsam leben und auf-wachsen durften. Du hast es geschafft, uns die Schrecken und das Leid, durch das du gegangen bist, uns zu ersparen. Auch wenn du selbst davon gezeichnet warst. Du hast den Rahmen um unser Leben gespannt und dafür gesorgt, dass nichts und niemand ihn durchbrechen kann.

Ich wüsste nicht, was ich Vergleichbares leisten könnte, um dem gerecht zu werden. Ich kann mich nur ehrfurchtsvoll vor dir verneigen und voller Stolz in die Welt hinausschreien, dass du der größte und auf deine Art der beste Vater warst, den man sich wünschen konnte.

Selbst jetzt, wo du nicht mehr da bist, lehrst du mich. Das war zu deinen Lebzeiten schon so. Du hast mir immer über die Schulter geguckt, bei allem, was ich getan habe. Deine Denkweise, deine Herangehensweise an Dinge und an Menschen prägen mich immer noch und werden es immer tun. Dafür danke ich dir. Du hast mir gezeigt, worauf es im Leben ankommt und worauf nicht. Und wenn ich nur ein kleines Stück von dem erreichen kann, was du geschafft hast, wäre ich schon zufrieden. Vielleicht ist das naiv von mir. Vielleicht auch ignorant. Denn im Grunde weiß ich, dass ich niemals an dich herankommen werde.

Du hast nicht nur unser Leben aufgebaut, du hast es sogar gebaut. Unsere Schulen bezahlt, sowie unsere Ausbildungen. Du hast uns nicht eins, sondern gleich vier Dächer über unsere Köpfe gegeben. Du hast es mir ermöglicht, meinen Horizont in mehrfacher Hinsicht zu erweitern. Sei es wortwörtlich, als ich dank dir nach New York reisen und dort leben konnte oder bildlich durch mein Studium, das ich ohne deine Unterstützung so nicht geschafft hätte. Du hast uns Autos gekauft und repariert, unsere Wohnungen saniert und hergerichtet, uns tolle Urlaube ermöglicht, uns deinen einzigartigen Wortwitz beigebracht, uns so viele unvergessliche Momente und Erinnerungen beschert, dass es sich unfair anfühlt, dass das alles jetzt nicht mehr da sein soll.

Wir leiden wirklich sehr unter deinem Verlust. Aber unser Leid zeigt auch, was für eine feste Säule du für uns bis zum Schluss warst. Selbst als du am Ende die meiste Zeit liegend verbracht hast. Allein das Wissen, dass du da warst, hat die Welt weniger gefährlich wirken lassen. Unser Leid soll aber auch deine Huldigung sein. Ich hoffe, du kannst dies auch so akzeptieren.

* * *

Jeder Mensch hat seine Art, den Verlust von geliebten Mitmenschen zu verarbeiten. Für mich war und ist es das Schreiben. Wenn der Sack, den das Leben einem um die Schulter wirft, immer schwerer wird, ist das meine Art, ihn wieder etwas leichter zu machen.

Dabei kam mir die Idee, ein Vater-Sohn-Tagebuch anzulegen dessen erste Zeilen daraus <u>Du</u>, <u>liebe*r Leser*in</u>, soeben gelesen hast.

Mittlerweile ist es zur Gewohnheit geworden, wenn ich den Rat oder die Gedanken meines Vaters brauche, mich an eben jenes Tagebuch zu setzen und darin weiterzuschreiben. Zwischen den Zeilen, die meine Gedanken, meine Sorgen und Ängste wiedergeben, lebt mein Vater weiter. Seine Worte geistern durch meinen Kopf, wenn ich über das schreibe, was mich gerade beschäftigt. Auch wenn physisch niemand da ist, fühle ich mich gehört. Und nicht nur das.

Es mag seltsam klingen, aber wenn ich ein neues Kapitel anfange und darüber schreibe, was mich in dem Moment beschäftigt, weiß ich nie, wie dieses Kapitel endet. Es ist ein Prozess, der sich entwickelt. Und irgendwann mittendrin kommt dann der Moment, in dem mein Vater vor meinem geistigen Auge erscheint. Mich rügt, mit mir schimpft oder mir manchmal sogar zustimmt. Manchmal spüre ich auch nur ein Kopfschütteln oder ein Nicken. Egal wie, mein Vater ist in dem Moment da.

Dass das alles nur in meinem Kopf stattfindet, stört mich nicht im Geringsten. In meinem Herzen hat er schon seinen Platz, warum also nicht auch in meinen Gedanken, die er ohnehin mein ganzes Leben lang geprägt hat.

Als er einen seiner unzähligen Krankenhausaufenthalte hatte, hatte er die Idee, sein Leben einmal zu Papier bringen zu wollen. Man muss dazu sagen, dass mein Vater vieles war, aber definitiv kein Leser und noch weniger ein Schreiber. Daher überraschte mich seine Bitte, ihm seinerzeit einen Schreibblock und einen Kugelschreiber zu bringen.

Das geschah einige Jahre vor seinem Tod. Und als er schließlich von uns ging, erinnerte ich mich wieder daran und habe seine Aufzeichnungen an mich genommen. Vieles, was darin geschrieben stand, wusste ich zwar schon, aber es mit den Worten und aus der Perspektive meines Vaters zu lesen, war wiederum eine neue Erfahrung.

Je mehr ich gelesen hatte, desto mehr kam es mir vor, als hielte ich ein gutes Buch in den Händen. Das Leben, welches das Schicksal für meinen Vater bereit hielt, war ziemlich harte Kost, das kann man rückblickend definitiv sagen.

Daher war die Idee nicht weit weg, meinen Vater seine Geschichte einfach selbst erzählen zu lassen.

Von seiner Kindheit in bitterer Armut kurz nach dem zweiten Weltkrieg, über die Hindernisse seiner Jugend und die schwierige Beziehung zu seinem Vater, den Tod seiner Mutter, seinen harten Weg nach Deutschland und schließlich zu uns, seiner Familie.

Man merkt schnell, dass vieles hätte anders laufen können, wenn nicht sogar müssen, wenn die Dinge damals eine minimal andere Wendung genommen hätten. Es ist faszinierend und gleichermaßen beängstigend, wie schmal der Grat sein kann, zwischen dem, was man kennt und dem, wie es hätte werden können, wenn nur eine kleine, unbedeutende Entscheidung anders gefallen wäre.

Ich wünsche Dir, liebe*r Leser*in, viel Vergnügen auf dieser Reise eines Mannes, der allen Widrigkeiten zum Trotz seinen Weg gegangen ist und dessen Fußspuren für uns ewig sichtbar bleiben werden.

Herzlichst,

Marko Jovicic

Anmerkung des Autors:

Der nachfolgende Text wurde aus dem Serbokroatischen übersetzt. An einigen Stellen wurde zum besseren Verständnis sinngemäß und nicht wortwörtlich übersetzt. Der O-Ton ist jedoch größtenteils identisch. Das Glossar ist am Ende angefügt.

Kindheit und Jugend

Es ist nun die Zeit gekommen, etwas über mich zu erzählen. Ich bin am 6. April 1947 geboren. An dem Tag genau 6 Jahre zuvor, im Jahre 1941, wurde Belgrad von Hitler und seiner Armada bombardiert. In dem gleichen Jahr zwei Monate später wurde mein älterer Bruder Živorad - Žile - geboren.

In dieser von Krieg und Armut gebeutelten Zeit war es sehr schwer, zu überleben. Zwei Jahre später, genauer gesagt am 15. August 1943, wurde dann meine Schwester Dobrila – Sejka – geboren.

In dieser von bitterer Armut geprägten Zeit war das Leben sehr hart, da auch mein Vater Bojko sehr arm war. Er hatte zwei Schwestern, Tante Draga und Tante Stanka, und zwei Brüder, Onkel Stanoje und Onkel Dragomir.

Der Krieg überzog ganz Jugoslawien, am meisten jedoch Serbien. Daher kam es am 21. Oktober 1941 unweit unseres Dorfes Bošnjane, genauer gesagt in Kragujevac dazu, dass 2000 Schüler von den Nazis hingerichtet wurden. Diese Brutalität damals konnte man nie wieder vergessen.

Mein Onkel Dragomir kam in Kriegsgefangen-schaft und wurde nach Deutschland verschleppt, wo er in ein Internierungslager kam. Dort blieb er auch bis zum Ende des Krieges, sodass er später in Deutschland blieb.

Mein anderer Onkel Stanoje war Handwerker (Kutschenbauer) und daher nicht direkt am Krieg beteiligt.

Mein Vater hat sich, solange er konnte, vor dem Krieg versteckt, wurde aber letztlich doch eingezogen und musste an die Front. Meine Mutter blieb daher allein mit zwei kleinen Kindern zu Hause. Sie ernährte sie von dem, was sie selbst säte und erntete. Geld war keines da, um irgendetwas kaufen zu können, aber der liebe Gott hatte sie vor größerem Unheil bewahrt.

Es waren schwere Jahre, die ins Land zogen, und der Krieg endete schließlich 1945 und die Nazis mussten kapitulieren. Mit der Hilfe Russlands und unserer Partisanen, an deren Spitze Josip Broz – Tito – stand, endete auch der Krieg bei uns, aber Verwüstung und Armut blieben.

Mein Vater kam wieder nach Hause, allerdings gebrochen und krank. Er musste ins Krankenhaus, da er sich mit Typhus angesteckt hatte. Später begann er wieder mit meiner Mutter zu Hause etwas Landwirtschaft zu betreiben, von dessen Ernte wir ausschließlich gelebt haben. Mein Vater hatte eine Kuh und ein paar Hühner, was in der Zeit viel wert war. Die Kuh gab Milch, aus der meine Mutter Käse machte, und die Hühner versorgten uns mit Eiern. Ein- oder zweimal im Jahr wurden einige Hühner geschlachtet und das war für uns ein riesiges Fest.

Wer konnte, hat seine Felder mit Kühen und Pferden beackert, der Rest musste alles mit eigenen Händen machen. Derjenige, der in der Zeit ein Pferd besaß, zählte schon zu den besser Betuchten.

Daher verwundert es auch nicht, dass wir nicht dazu gehörten, denn mein Großvater Milorad, den alle nur „Meister" nannten, hatte fünf Kinder.

Und von all den Kindern war mein Vater das Ärmste.

Onkel Stanoje hat mit Großvater Milorad gelebt, sodass es für beide etwas leichter war, denn mein Großvater war ein begnadeter Kutschenbauer und Maler.

In dieser Zeit wurde die Transportation ausschließlich mit Kutschen betrieben, die entweder von Kühen oder Pferden gezogen wurden. Und solche Kutschen baute mein Großvater und später dann mein Onkel. Sie bauten auch Wagons auf zwei Rädern, das war etwas luxuriöser, denn diese Art

Transport gab es nur bis zu den Orten Rača, Palanka, usw.

Einmal hatte ich Glück. Als ich 1969 in die Armee eingezogen wurde, haben sie mich in einem dieser Wagons bis nach Markovac gefahren, von wo ich das erste Mal in meinem Leben in einen Zug gestiegen bin, der mich dann nach Pula brachte, wo ich meinen Wehrdienst leisten musste.

Wie schon erwähnt war mein Vater der Ärmste von all seinen Geschwistern, denn er war kein Handwerker und er war zu krank, um auf dem Feld zu arbeiten. Daher war es meine Mutter, die bei anderen, denen es etwas besser ging, den ganzen Tag arbeiten ging, um uns abends ein wenig Mehl nach Hause zu bringen, woraus sie Brot gemacht und uns damit ernährt hat.

Zu der Zeit haben wir nur von dem gelebt, was wir selbst hergestellt hatten, denn es war kein bisschen Geld da, von dem man etwas kaufen konnte.

Mein Großvater hatte immer ein oder zwei Würfel Zucker in der Tasche und wenn er uns Kindern ab und zu eins gab, war das ein Riesenerlebnis für uns. Er war ziemlich gewieft, aber das musste man zu der Zeit auch sein. Wie schon gesagt, er hatte fünf Kinder.

Tante Draga und Tante Stanka hatten geheiratet und zogen weg, Onkel Dragomir landete als Kriegsgefangener in Deutschland, Onkel Stanoje lebte mit Großvater zusammen und mein Vater blieb allein.

Sie haben ihm geholfen, ein Haus aus Holz, Lehm und Schlamm zu bauen. Das Haus hatte zwei Zimmer, allerdings lebte man hauptsächlich in dem, wo der Ofen war, vor allem im Winter. In dem Zimmer waren auch zwei Betten. In einem schliefen Mutter und Vater und in dem anderen wir drei. Die Betten waren aus Holz gemacht und Stroh diente uns als Matratze. Zugedeckt haben wir uns mit Kopftüchern und Tüchern, die meine Mutter gestrickt hatte.

Ich würde gern noch ein Wort über meinen Großvater verlieren. Er war sehr streng und hatte damals noch ein Gewehr aus dem Ersten Weltkrieg.

Er bestellte ein Feld in Kupusina, welches wirklich guten Ertrag brachte, da in der Nähe ein Brunnen (den es heute noch dort gibt) mit Quellwasser war, aus dem er den Boden bewässerte. Die Qualität der Ernte wurde dadurch sehr gut. Er baute sich dort eine kleine Hütte, die ihn vor Sonne und Regen schützte und in der er auch mal ein Nickerchen hielt.

Eines Tages bemerkte er, dass er ständig bestohlen wurde, da beschloss er, sich eines Nachts in der Hütte zu verstecken und den Dieben aufzulauern. Als er vor sich hin döste, es war ungefähr zwei oder drei Uhr in der Nacht, hörte er seltsame Geräusche, die von seinem Feld kamen. Er schreckte auf, schnappte sich sein Gewehr und schoss in die Dunkelheit, von wo er die Geräusche wahrnahm. Nach dem Schuss herrschte wieder gespenstische Stille, sodass er bis zum Morgengrauen wartete, um zu sehen, wer oder was da auf seinem Feld lag. Beim ersten Sonnenlicht ging er auf sein Feld und staunte nicht schlecht. Er hatte einen Volltreffer gelandet, allerdings hatte er keinen Dieb erschossen, sondern ein ausgewachsenes Pferd, welches nun tot vor seinen Füßen lag.

Eine weitere Anekdote, die das Wesen meines Großvaters beschreibt, ist die dass er sich von Zeit zu Zeit mit seiner Frau, meiner Großmutter Rosanda, stritt. Man muss dazu sagen, dass meine Großmutter eine sehr ruhige und friedliche Person war. Das heißt, es musste einiges zusammen kommen, dass wirklich ein handfester Streit ausbrach. Doch als es dann so weit war, steigerte sich mein Großvater so hinein, dass er ein Brett nahm, welches er nachts zwischen sich und ihr aufstellte, sodass sie sich in der Nacht bloß nicht berührten. Die Decken, die sie bedeckten, schnitt er auseinander, sodass jeder seinen eigenen Fetzen bekam. So herrschte eine Zeit lang Frieden und alles normalisierte sich nach und nach. Bis der nächste Streit ausbrach und alles wieder von vorn begann.

Die Jahre vergingen in dieser Zeit der Armut und irgendwie hatte es mein Bruder in die sechste Klasse geschafft. Weiter konnte er allerdings nicht gehen, da kein Geld für Schule und Bücher da war. Daher beschlossen meine Eltern, dass er zu Onkel Stanoje gehen sollte, um eine Ausbildung als Kutschenbauer zu machen. Nach ungefähr zwei Jahren stellte sich heraus, dass er seine Ausbildung dort nicht beenden konnte, da mein Onkel kein offizielles Geschäft, sondern nur eine kleine Privatwerkstatt hatte. Daher musste mein Bruder seine Ausbildung in Rača fortsetzen, bei einem Meister Đure. Allerdings musste er zwischenzeitlich seinen Wehrdienst leisten, sodass er seine Ausbildung nicht beenden konnte.

Er war in Banja Luka stationiert. Dort bot man ihm nach einiger Zeit an, sich als Fahrer ausbilden zu lassen. So kam es dann auch, er ging auf die Militär-Fahrschule und bekam eine Fahrerlaubnis für alle fahrbaren Klassen. Das war zu der Zeit eine enorme Leistung, ähnlich zu vergleichen mit einem Fakultätsabschluss heute.

Nach seinem Wehrdienst bekam er relativ schnell einen Job in Belgrad. Er wurde Fahrer eines Direktors einer großen Firma mit dem Namen „Univerzal" und so hatte er das erste Mal in seinem Leben ein gutes und regelmäßiges Einkommen.

Meine Schwester hat kurz vor dem Tod unserer Mutter einen reichen Bauern in Krnjevo geheiratet. Kurz nach der Hochzeit starb unsere Mutter, da war ich 15 Jahre alt. Das war 1962. Sie starb genau an dem Tag, als ich die 8. Klasse beendet hatte. Sie wollte mein Zeugnis sehen und so machte ich mich auf den Weg in die Schule nach Rača. Man läuft eine Stunde hin und eine zurück und als ich mit dem Zeugnis wieder zu Hause war, war sie bereits tot. Sie wurde 45 Jahre alt.

Ich lief tagelang herum und konnte nicht glauben, dass ich sie nie wieder sehen würde. Aber das war die Realität, meine Mutter war nicht mehr.

Ich blieb allein mit meinem Vater, beide bettelarm, aber das Leben musste irgendwie weitergehen.

Damals wie heute war es so, dass man nach der 8. Klasse eine berufsbegleitende, weiterführende Schule besuchte. Das ist sozusagen das Gegenstück zur regulären deutschen Ausbildung. Ich bewarb mich als Metallarbeiter bei Goša in Palanka. Ich hatte keine Ahnung weder von dem Job noch von sonst etwas, da es leider niemanden gab, der mir damals irgendetwas hätte beibringen können. Die Bewerbungsphase verging und mir wurde gesagt, dass es sehr viele Bewerber gab und es für mich deswegen keinen Platz dort gäbe.

Das lag daran, dass ich niemanden hatte, der dort für mich ein gutes Wort in Form von Geld hätte einlegen können. So war das damals, wenn du kein Geld in der Tasche oder sonstige Beziehungen hattest, warst du ein Nichts und niemand.

Und so begann der Horror für mich. Ich blieb allein mit Vater in Bošnjane mit buchstäblich nichts in den Händen. Ich musste ein Jahr warten, bis ich mich erneut bewerben konnte.

Dieses Jahr, das ganze Jahr war eines der ereignisreichsten meines ganzen Lebens. Ich liebte Fußball und ich liebte es, Folklore zu tanzen. Ich war bald so gut, dass ich alle Tänze führen konnte. Als junger Kerl mochte ich so vieles, das Einzige, was ich nicht mochte, war Arbeiten.

Ich hatte viele Freunde und Freundinnen, mit denen ich Tag und Nacht unzertrennlich war, weshalb ich auch nur selten zu Hause war. Ich schlief jeden Tag woanders und so verging die Zeit. Als ich dann eines Tages nach Hause kam, war mein Vater sehr sauer auf mich, weil ich mich so lange nicht blicken ließ und es im Haus immer Arbeit gab.

Manchmal bekam ich auch eine ordentliche Tracht Prügel, sodass ich anfing, meinen Vater zu hassen. Und so wurden unsere Verhältnisse immer schlechter. Weil ich von keiner Seite Hilfe hatte, fing ich an, meinen Vater zu bestehlen. Aber was hatte er schon, was man stehlen konnte? Er hatte lediglich das, was das Feld hergab. Weizen, Mais, Bohnen usw.

Nach einiger Zeit fand ich jemanden, der mir ein paar Bohnen abkaufen wollte. Zwar nur für einen kleinen Preis, aber wenn man selbst nichts hat, ist wenig schon viel. Das Problem war nur, die Ware nach Rača zu bringen, wo der Handel über die Bühne gehen sollte. Der Weg dorthin war katastrophal, man konnte gerade so mit dem Fahrrad fahren. Damit ich meine Bohnen, die ich Vater geklaut hatte, es waren ungefähr 4-5 kg, transportieren konnte, brauchte ich einen fahrbaren Untersatz, den ich aber nicht hatte. Was blieb mir also übrig, ich musste einen klauen. So war es auch, ich klaute das Fahrrad von Mija, dem Vater einer Freundin aus dem Dorf, packte meine Bohnen in eine alte Tasche, die ich vorher auch jemandem geklaut hatte und machte mich auf den Weg.

Das Kind in mir machte schon Freudensprünge, endlich würde ich mein eigenes Geld haben. Doch auf halbem Wege platzte die alte Tasche und all meine Bohnen verteilten sich überall auf dem löchrigen Weg, sodass ich sie nicht wieder einsammeln konnte. So platzte der Handel und ich blieb wieder mit leeren Händen zurück.

Es verging wieder etwas Zeit, da eröffnete sich mir eine neue Gelegenheit. Dieses Mal mit Weizen. Ich füllte nach und nach einen Sack voll, bis er ungefähr 30-40 kg schwer war und versteckte ihn im Stroh, bis die Luft rein war, um die Ware an den Mann zu bringen.

Wie ich eingangs schon erwähnt hatte, besaß mein Vater ein paar Hühner und eine Kuh, die er mit eben jenem Stroh fütterte. Als er eines Tages Stroh holen wollte, fand er den Sack voll mit Weizen dort. Er konnte sich schnell zusammenreimen, dass ich dafür verantwortlich war. Er war sowieso die ganze Zeit sauer auf mich und so stellte er mich zur Rede. Ich versuchte, mir etwas zusammen zu lügen, und mit gesenktem Kopf murmelte ich: „Für alle Fälle."

Dieser Spruch „Für alle Fälle" machte die Runde im ganzen Dorf und noch Jahre später, wenn mich jemand auf der Straße traf, lachte er oder sie mich an mit den Worten. „Hey, für alle Fälle!"

Irgendwie verging dann auch dieses Jahr, in dem ich weder Schule besuchte, noch sonst etwas getan hatte. Es kam die Zeit, in der man sich wieder bewerben konnte. Diesmal bewarb ich mich in Rača, in der Straße des 21. Oktober. Nach einigen Auswahlverfahren bekam ich eine Stelle als Maschinenschlosser. Die Ausbildung dauerte drei Jahre, in der man drei Tage Schulunterricht hatte und zwei Tage Praxisunterricht im Betrieb. Praxis war einigermaßen ok, aber mit dem Schulunterricht kam ich überhaupt nicht klar. Da musste man viel lernen und dafür hatte ich weder Lust noch Zeit. Dinge, wie Fußball, Ausgehen und Folklore waren wichtiger und außerdem war da noch die Pubertät.

Die ersten zwei Jahre konnte ich mich irgendwie durchmogeln, im dritten Jahr musste ich jedoch in die Nachprüfung, und zwar in den Fächern Physik und Mathematik. Meine Ausbildung stand auf der Kippe, aber Glück im Unglück hatte ich damals wirklich gute Freunde und einer von ihnen hatte gerade sein Studium in Elektrotechnik in Belgrad beendet. Sein Name war Dobrica Milenković und er sagte damals zu mir, ich solle mir keine Sorgen machen. Er würde mich soweit vorbereiten, dass ich die Nachprüfung schaffen würde. Wir lernten ungefähr zwei Monate miteinander und es kam der Tag, an dem ich vor eine Kommission treten musste, die mich nun testen würde. Sie gaben mir ein paar Aufgaben, die ich lösen sollte. Einige konnte ich irgendwie zusammenwürfeln und andere nicht. Letztlich gaben sie mir eine Vier, die allerdings ausreichte. Ich bestand die Prüfung, hatte meine Ausbildung in der Tasche und bekam ein Zeugnis mit dem Titel „Ausgebildeter Maschinenschlosser".

Natürlich war ich überglücklich, denn ich besaß während der ganzen Zeit nicht ein einziges Buch, noch habe ich auch nur ein bisschen gelernt. Ich hatte ein Heft, welches gefaltet in meiner Hosentasche war, in das ich hin und wieder etwas reingeschrieben habe.

Wie auch immer, ich konnte meine Ausbildung beenden und jetzt galt es, irgendwo eine Anstellung zu finden. In meinem Lehrbetrieb konnte ich nicht bleiben, denn dort war bereits alles voll. Ich bat also die Leute aus unserer Gemeinde, sich für mich umzuhören. Sie kannten mich als aktiven Jungspund im Sport und anderen gesellschaftlichen Anlässen, wie Folklore tanzen, singen, usw. und so hoffte ich, auf diese Art irgendwo als irgendwas Arbeit zu finden. Und tatsächlich hat es geklappt.

Berufe und Anfänge

Es verging nicht mal ein Monat und ich bekam eine Anstellung in meinem Lehrbetrieb, allerdings nicht als Maschinenschlosser, sondern als Dreher. Mir war es egal, denn ich freute mich, das erste Mal eigenes Geld zu verdienen. Mein erster Lohn betrug 35.000 Dinar pro Monat, das sind umgerechnet ungefähr 30 Euro.

Ich zog gleich danach von zu Hause aus, obwohl ich mich zwischenzeitlich mit Vater wieder versöhnt hatte. Ich mietete ein kleines Zimmer in Rača. Ich hatte ein kleines Bett, einen Tisch und einen alten Ofen. Das WC war irgendwo draußen. Das war mir alles egal, denn das erste Mal erlebte ich etwas, das man nicht in Worte fassen konnte. Ich schwebte nur so durch die Gegend, hatte ein bisschen Geld, eine Wohnung und Freiheit. Dieses Gefühl war unbeschreiblich.

In diese meine kleine Wohnung kamen oft die älteren Leute, um zu zocken. Sie spielten Karten für Geld. Wenn die Kneipen um Mitternacht dicht gemacht hatten, kamen sie zu mir, um weiter zu zocken. Ich fand das toll und gleichzeitig interessant, obwohl ich nicht mitspielen durfte. Ich war dafür zuständig, die jeweiligen Punktestände zu notieren und hier und da einen Strich hinter die Namen zu machen, wenn jemand wieder gewonnen hatte. Gegen vier Uhr morgens gaben sie mir Geld und schickten mich zum Bäcker, der im Gebäude nebenan seine Backstube hatte und um die Uhrzeit heißen Burek aus dem Ofen holte. Ich kaufte also jedem einen Burek und mir selbst auch, denn die Zocker sagten, dass ich für meinen Burek nie bezahlen müsse, weil ich sie bei mir zocken ließ.

Morgens früh, meistens so gegen fünf, gingen sie dann nach Hause und ich legte mich schlafen, denn um sieben musste ich schon wieder zur Arbeit. Das ging ungefähr 2-3 Monate so, doch irgendwann konnte ich nicht mehr. Ich schlief nicht und meinen Vater hatte ich auch lange nicht mehr gesehen. Ich packte also meine Sachen und zog für eine Weile wieder in unser Haus nach Bošnjane, wo ich geboren wurde, um etwas Zeit mit Vater zu verbringen.

Etwa ein halbes Jahr später kam ein Mann zu uns. Sein Name war Vesa und er hatte seinerzeit in demselben Betrieb gearbeitet, wo ich nach wie vor als Dreher angestellt war, mein Lehrbetrieb. Er arbeitete nun als Vorarbeiter bei Goša in Palanka und fragte mich, ob ich nicht für das doppelte Gehalt in die Goša-Fabrik nach Palanka wechseln möchte. Man muss dazu sagen, das Goša damals ein

Gigant war im Vergleich zu der kleinen Werkstatt, in der ich bisher gearbeitet hatte. Ich überlegte also nicht lange und ging mit meinem damals besten Kumpel Bora zu Goša. Er war zu dem Zeitpunkt mit meiner Nachbarin Ljuba zusammen, sodass das alles gepasst hat.

Die ersten Arbeitstage bei Goša verbrachten wir auf einer Baustelle in Rača, wo einige Silos für Mühlen entstanden. Das dauerte 2-3 Monate und anschließend gingen wir als Monteure in die Goša-Zentrale nach Palanka zurück.

Das war ein Triumph, dass es ein kleiner Bauern-junge aus Bošnjane überhaupt in eine so große Fabrik geschafft hatte, in der es eine Mensa gab mit Mittagessen und sogar eigenen Kiosks. In einem von diesen arbeitete die Mutter von Raša, einem Verwandten aus unserem Dorf, sodass ich zumindest ein bekanntes Gesicht dort hatte, das mir zeigen konnte, wie der Hase da so läuft.

Nach ein paar Tagen haben die Chefs einen Arbeitsplan entwickelt, der uns 4-5 Monteure auf Montage schickte. Wir sollten nach Bosnien in einen Ort namens Vrbanja, das war in der Nähe von Banja Luka.

Das war für mich ein tolles Erlebnis, denn bis dahin saß ich noch nie in einem Bus oder Zug, geschweige denn bin damit gefahren. Und jetzt durfte ich sogar auf eine Reise, die 6-7 Stunden dauerte. Das war toll.

Wir erhielten die Spesen für 15 Tage im Voraus, das war außerhalb unseres Gehaltes. Ich war fassungslos, denn ich hatte bis dahin noch nie so viel Geld auf einem Haufen gesehen. Neben dem ganzen Geld fing ich an, mich mit den älteren Monteuren anzufreunden, die viel erfahrener waren als ich.

Wir kamen zu viert in Vrbanja an. Gojko, Pičoga, Bora und ich. Es war ein kleiner Ort und wir machten uns als Erstes auf die Suche nach einer Bleibe. Es gab keine große Auswahl, denn wir brauchten etwas, was nicht zu weit weg war. Wir waren zu Fuß, hatten keine Fahrräder oder Autos und nur einen Bus, der 2-3 am Tag fuhr. Schließlich fanden wir etwas und tags darauf fingen wir an zu arbeiten.

Wir arbeiteten den ganzen Tag und abends saßen wir mit dem Vermieterpärchen zusammen. Sie waren Moslems und sprachen über Gott und die Welt. Hier saß ich das erste Mal auf teurem Teppich im Schneidersitz und trank Kaffee aus einer Kaffeeschale.

Wir waren Monteure von Goša, was uns schon aufgrund des Namens eine gewisse Anerkennung entgegenbrachte. Die Leute dort waren hauptsächlich Moslems, doch sie behandelten uns gut, auch wenn wir einen anderen Glauben hatten.

Wir verdienten gut dort und alle 3-4 Tage sind wir abends mit dem Bus in die nächste Stadt gefahren. Dort wurde dann zünftig gegessen, getrunken und gefeiert, das war normal. Alle möglichen Spezialitäten vom Grill und anschließend Vollgas zur nächsten Musik, wo wir dann bis in die Morgenstunden mit den Sängerinnen sangen und feierten.

Das war alles schön, aber auch anstrengend. Aber egal, man war jung und da hat man das nicht so gemerkt.

Wir gingen von Kneipe zu Kneipe, tranken, rauchten und sangen mit den Sängerinnen und anderen Mädchen. All das prasselte nur so auf mich herein, sodass ich natürlich hier und da auch ein paar Dinge falsch machte. Egal, die Zeit dort war unvergesslich schön.

Von dem Geld, welches ich dort verdient hatte, brachte ich einen Teil zu meinem Vater. Er wollte mir nicht glauben, dass ich das Geld wirklich selbst verdient hatte, nahm es aber trotzdem. Von dieser Zeit an wurde unser Verhältnis immer besser.

Vor meinem, wenn ich das so nennen kann, Erfolg, hatte mein Bruder Žile bereits einen guten Job in Belgrad. Manchmal, wenn er konnte, kam er mit einem Auto nach Bošnjane. Ich betone das deswegen, weil damals durch unser Dorf nie ein Auto fuhr, geschweige denn dortblieb. Das lag an der extrem schlechten Straße. Sie bestand nur aus Matsch, weshalb auch nur Kutschen mit Pferden und Kühen oder eben Menschen dort gehen konnten. Aber mein Bruder war mittlerweile ein erfahrener Fahrer, sodass er sich irgendwie da durchwühlen konnte. Glücklicherweise war es trocken, denn bei nassem Wetter hätte selbst er keine Chance gehabt.

Ein Auto in Bošnjane, ein Auto bei meinem Vater Bojko, der der Ärmste von allen war, das war etwas Unbegreifliches. In etwa so, wenn heute ein normaler Mensch auf den Mond fliegen würde. Die Leute im Dorf konnten nicht glauben, dass sich das tatsächlich bei uns zugetragen hatte.

Mein Bruder kam immer regelmäßiger und später heiratete er dort seine Frau Ljubinka, die ich auch kannte. Sie war in Rača auf der Schule, als ich meine Ausbildung dort machte. Wir trafen uns hin und wieder und so kam der Kontakt zu meinem Bruder zu Stande.

Nun war es für mich an der Zeit, meinen Wehrdienst zu leisten. Ich wurde in Pula stationiert, das liegt in Kroatien. Zu jener Zeit war der Wehrdienst Pflicht und dauerte zwei Jahre. Am Tag meiner Entlassung ging ich nicht nach Hause, sondern besuchte meinen Bruder Žile. Er arbeitete mittlerweile in Korčula, einer Insel vor der kroatischen Küste. Ich fuhr mit einem Boot von Pula nach Dubrovnik. Dort trafen wir uns und hier kaufte er mir einen Anzug. Er meinte, ich müsse ordentlich aussehen, wenn ich aus der Armee entlassen werde und nach Hause ging. Das erste Mal in meinem Leben trug ich einen Anzug.

Ich blieb ein paar Tage und fuhr dann nach Hause. Die Arbeit bei Goša wartete wieder auf mich. Ich wurde gleich wieder auf Montage geschickt. Ich verdiente gut, aber ich verbrauchte auch entsprechend, sodass am Ende nie wirklich etwas übrig blieb. Hin und wieder gab ich auch meinem Vater etwas Geld.

Die Zeit verging, und als ich wieder auf Montage war, lernte ich meine erste feste Freundin kennen. Ihr Name war Sevda. Sie war etwas jünger als ich, fast volljährig. Die Baustelle, auf der ich monatelang arbeitete, wurde beendet, aber die Liebe blieb. Trotzdem musste ich wieder zurück, wir mussten beide weiter gehen. Zu der Zeit arbeitete man überall im ehemaligen Jugoslawien und wie schon gesagt, Goša war eine riesige Firma, die überall ihre Standorte und Fachbereiche hatte. Es wurde alles mögliche hergestellt. Wagons für Züge, Masten, ganze Arbeits- und Produktionshallen, es gab fast nichts, was die Firma nicht herstellen oder bauen konnte. Allein meine Abteilung zählte über 100 Arbeiter. Einmal war ich an der ungarischen Grenze, in einem Ort namens Sombor, dort haben wir ein riesiges Dieselreservoir gebaut.

Irgendwann war ich wieder in Bosnien, genauer gesagt in Prijedor, das ist in der Nähe von Nova Topola. Dort lernte ich meinen guten Freund Mirko kennen, dessen Trauzeuge ich später werden sollte. Zu dem Zeitpunkt war ich bereits zwei Jahre immer mal wieder in Deutschland auf Montage und in einem Dezember hatten wir 10-15 Tage Urlaub. Wir fuhren mit dem Zug zurück nach Jugoslawien. Da war es extrem schwierig, ohne Auto innerhalb des Landes unsere Liebschaften zu besuchen, aber Hilfe war nicht weit entfernt.

Mein lieber Bruder fuhr mittlerweile ein eigenes Firmenauto und er bot uns an, überall hinzufahren. So war er nun mal. Wollte immer anderen helfen.

Wir drei fuhren also los Richtung Vrbanja, wo meine Sevda lebte. Das war ungefähr 300 km entfernt. Auf dem Weg dorthin fuhren wir durch Nova Topola, wo Mirko seine Freundin Dragica hatte. Als wir bei ihr zu Hause ankamen, mussten wir feststellen, dass sie nicht da war. Mirko stieg aus, um in Erfahrung zu bringen, wann sie wiederkommen würde, aber niemand dort konnte ihm etwas Genaues sagen. Daher entschieden wir uns, weiterzufahren und auf dem Rückweg nochmal vorbeizuschauen.

Ein paar Stunden später kamen wir in Vrbanja an. Nur unter größten Mühen konnte ich mich mit Sevda treffen. Ihre Eltern waren gegen mich und hätten mich eiskalt verprügelt, wenn sie mich gesehen hätten. Daher musste ich über eine Nachbarin mit Sevda Kontakt aufnehmen.

So schön es auch mit ihr war, genauso anstrengend war es auch. Wir sind letztlich so verblieben, dass ich sie von zu Hause wegbringen würde, sobald ich die Möglichkeit dazu hätte. Das war allerdings leichter gesagt, als getan. Ich musste irgendwann wieder zurück nach Deutschland. Wir blieben zunächst per Post miteinander in Kontakt. Ich musste immer an ihre Nachbarin schreiben. Man merkte jedoch nach jedem Brief, dass die Leidenschaft mehr und mehr nachließ. Ich steckte in

Deutschland fest und so trennten sich letztlich unsere Wege.

Doch zurück zu Mirko, Žile und mir. Als wir von Vrbanja zurück nach Nova Topola fuhren, hielten wir wieder bei Dragica an. Es war spät am Abend und Mirko stieg aus, um zu sehen, wie er mit ihr Kontakt aufnehmen konnte. Schließlich ging er ins Haus.

Es verging relativ viel Zeit und mein Bruder und ich fingen an, uns zu fragen, ob er überhaupt nochmal rauskommen würde. Plötzlich sahen wir, wie zwei Leute auf uns zukamen. Es waren Mirko und Dragica, die er an der Hand hielt. Wir dachten, er will sie uns nun offiziell vorstellen. Doch das Einzige, was er sagte, war: „Fahren wir!"

Žile und ich guckten uns an und fragten, wohin wir denn fahren sollten. Mirko antwortete: „Nach Hause, nach Serbien. Dragica und ich werden heiraten."

Wir sagten darauf nichts und fuhren los. Wir fuhren die ganze Nacht und mittlerweile fing es an, zu schneien. Die Fahrt war sehr anstrengend, und Žile fuhr direkt zu uns nach Hause, nach Bošnjane. Wir kamen irgendwann um 3 Uhr nachts an und mein Vater machte uns noch schnell etwas zu essen. Es gab auch einheimischen Wein und so haben wir uns, aus gegebenem Anlass, ordentlich einen hinter die Binde gekippt. Wir schliefen auf den Stühlen ein, auf denen wir saßen, bis zum nächsten Tag.

Mein Bruder musste zurück nach Belgrad und Mirko konnte immer noch nicht begreifen, dass er bald heiraten würde. Deswegen fuhren er und Dragica direkt zu seiner Mutter nach Palanka.

In der Zeit, ungefähr 1969-70, wollte mein Bruder ein neues Haus bei uns in Bošnjane bauen. Und zwar dort, wo das alte Haus stand. Mich hat freilich niemand gefragt, denn ich lebte dort nicht mehr und war ohnehin nonstop auf Montage, sodass es mir eigentlich sogar fast egal war.

Aber mein Bruder hatte eine Idee und einen Plan. Er wollte ein zweistöckiges Haus bauen. Oben sollten zwei Wohnungen entstehen, eine für mich und eine für ihn. Und das gesamte Erdgeschoß sollte zu einem Restaurant umgebaut werden. Er war innerhalb seiner Firma mittlerweile in die gastronomische Schiene gewechselt und dachte, er könne jetzt zu Hause ein eigenes Geschäft aufziehen.

Um es kurz zu machen, die komplette Idee war ein Fehlschlag, denn wie man auch heute noch sieht, kann man in Bošnjane nichts Geschäftliches aufbauen. Dafür ist das Dorf zu klein und zu weit weg von allem.

Nichtsdestotrotz wurde das alte Haus abgerissen und das neue gebaut. Wir mussten relativ schnell zumindest ein Zimmer fertig kriegen, denn mein Vater lebte noch dort und er brauchte eine Schlafunterkunft. Zum Glück schafften wir es.

Deutschland und die 70er

Ich war danach wieder auf Montage auf dem Berg Kopaonik. Ich erinnere mich, das war im November 1970 und ein kalter Winter stand vor der Tür. Wir wohnten in einem Hotel mit dem Namen „Olga Dedijev", welches Goša für uns gemietet hatte und wo wir alles inklusive hatten.

Wir bauten eine Seilbahn für Skifahrer. Goša war auch hier die führende Baufirma.

Wie schon erwähnt, es war ein wirklich kalter Winter. Wir waren nach ein paar Tagen so stark eingeschneit, dass wir nicht mehr aus dem Hotel rauskamen, geschweige denn arbeiten konnten. Für uns war das nicht so wild, wir schliefen so lange wir wollten, frühstückten spät und spielten den ganzen Tag über Karten.

Eines Tages kam ein Postbote ins Hotel und hatte einen Brief von Goša für mich dabei. Ich befürchtete schon das Schlimmste, doch als ich ihn öffnete, war ich sehr überrascht. Da stand, ob ich nicht Interesse hätte, für ein Jahr auf Montage nach Deutschland zu gehen. Das kam mehr als unerwartet für mich und ich rang mit mir, was ich nun tun sollte. Also legte ich den Brief ein paar Tage zur Seite, um darüber nachzudenken.

In dem Brief stand auch, falls ich Interesse hätte, sollte ich zurück in die Goša-Zentrale, um einen Medizincheck zu machen und dass man mir einen Reisepass organisieren würde.

Nach ein paar Tagen entschied ich mich, zunächst einmal zurück in die Zentrale zu fahren, denn auf dem Berg ging die Arbeit ohnehin nicht voran. Ich dachte mir, bis der Medizincheck und der Reisepass durch sind, vergeht noch genug Zeit, in der ich mich noch final entscheiden könnte.

Zu meiner Verblüffung allerdings passierte das alles ruckzuck. Ehe ich mich versah, hatte ich alle nötigen Dokumente in der Hand und Ende Januar 1971 standen wir auf einmal auf dem Bahnhof Richtung Deutschland. Wir waren zu fünft und haben ein bisschen Taschengeld für unterwegs von Goša erhalten. Die Tickets bezahlte die Firma. Wir stiegen also in den Zug nach Belgrad. Dort stiegen wir um in einen anderen Zug, der uns nach Deutschland bringen sollte. Das alles war für mich ein Riesenerlebnis, in etwa so, als würde ich heute einmal um die Welt fliegen.

Der Zug fuhr einen ganzen Tag und eine ganze Nacht. Nach ungefähr 24 Stunden kamen wir in

Köln an. Es war abends, die Straßenbeleuchtung flackerte hell, riesige Gebäude auf allen Seiten und wir hatten keine Ahnung, wo wir hinsollten.

Angst beschlich mich langsam. Angst, mich zu verlaufen und nie wieder zurückzufinden. Ich kannte die Sprache nicht und fing an, meine Entscheidung zu bereuen.

Zum Glück kam uns jemand von Goša entgegen, der schon vorher hierhin gekommen war und uns an die Hand nahm. Er brachte uns in die Kalk-Mülheimer Straße, wo die deutsche Partnerfirma von Goša, Albert Liesegang, ihren Standort hatte. Diese Firma hat uns in hölzerne Schlafbaracken untergebracht, in denen wir während unseres Aufenthaltes wohnen sollten.

Am nächsten Tag war direkt unser erster Arbeitstag. Wir wurden in eine riesige Fabrikhalle gebracht. Ich hatte so etwas in meinem ganzen Leben noch nicht gesehen.

Die Deutschen fingen an, uns zu erklären, was wir tun sollten, doch wir guckten uns nur an, wie Mondkälber. Keiner von uns verstand die Sprache. Nach 2-3 Tagen hatte man den Versuch aufgegeben, uns etwas zu erklären, und so wurden wir einfach weitergeschickt. Und zwar auf Montage nach

Bremen. Dort sollten wir eine Halle bauen für eine Firma namens Hanomag.

Auch dort wurden wir in Holzbaracken untergebracht, aber hier wurde diesmal richtig gearbeitet. Wir fingen an und unser normales Tagespensum betrug 10-12 Stunden. Nach einiger Zeit lernte ich hier meinen guten Freund Dragan Jović kennen. Er kam, ähnlich wie ich, mit einer anderen Truppe nach Deutschland. Diese verstand auch ein wenig Deutsch, sodass wir meistens mit ihnen arbeiteten.

Als wir ein Wochenende frei hatten, gingen wir mit ihnen aus. Wenn wir schon in Deutschland waren, wollten wir außer Arbeit, auch etwas von dem Land sehen. Wir gingen nach Hamburg, genauer gesagt nach St. Pauli. Da sahen und erlebten wir Dinge, die ich hier gar nicht aufschreiben mag. So langsam, aber sicher fing es an, mir zu gefallen. Mit der Sprache klappte es immer besser und nach und nach pendelte sich so etwas wie Alltag ein.

Wir verdienten zu der Zeit um die 600-700 D-Mark pro Monat. Mein Stundenlohn betrug 3,25 D-Mark. Nach einiger Zeit fingen wir an, unsere deutschen Kollegen auszuhorchen, was sie so verdienten. Sie sagten, ihr Lohn läge zwischen 1200 und 1400 D-Mark. Das brachte uns zum Nachdenken, denn mittlerweile beherrschten wir die Sprache relativ gut und die Arbeit war kein Problem mehr für uns.

Die Monate vergingen und unser Jahresvertrag neigte sich dem Ende entgegen. Wir überlegten, was wir tun sollten, und wollten den Baustellenleiter von Liesegang überreden, uns fest einzustellen, damit wir auch so viel verdienen konnten, wie unsere deutschen Kollegen.

Er meinte allerdings, wir müssten zunächst zurück nach Jugoslawien, wo wir bei Goša kündigen müssten und nach drei Monaten könnte er uns dann fest einstellen.

Nach elf Monaten Arbeit in Deutschland gingen wir zurück in die Heimat. Wir gingen direkt in die Goša-Zentrale, um unsere Kündigung einzureichen.

Dort sagte man uns, dass das nicht so einfach ginge, schließlich wurden die Reisepässe und sonstige Unkosten komplett von Goša übernommen, sodass die Firma gewissermaßen ein Vorzugsrecht auf uns bzw. unsere Arbeitskraft besaß. Sie drohten uns, wenn wir uns darüber hinwegsetzen würden, würde man die Polizei einschalten, die uns die Pässe wieder wegnimmt.

Wir lenkten ein und versprachen, das alles nochmal zu überdenken. Doch in Wahrheit hatten wir unsere Entscheidung bereits getroffen. Noch vor dem Gebäude der Goša-Zentrale stehend, sprachen wir uns ab, dass wir auf eigene Faust nach Deutschland gehen würden, ohne irgendjemandem etwas zu sagen.

Gesagt, getan. Wir gingen zurück und nach drei Monaten wurden wir, wie versprochen, bei Liesegang in Köln eingestellt.

Jetzt wurde mit Vollgas gearbeitet. Deutsch fiel mir immer leichter und nach einigen Monaten hatten wir etwas zusammengespart und das nächste Ziel lautete Führerschein und irgendwie an ein Auto rankommen, damit wir mobil werden konnten.

Viele Ausgaben hatten wir nicht, da wir in Baracken schliefen und meistens Essen und Trinken von der Firma bekamen. Außerdem arbeiteten wir nonstop und hatten somit nicht viel Gelegenheit, Geld auszugeben. Dadurch fiel unser Gehalt am Ende sogar noch größer aus und so konnten wir endlich mit unserem Führerschein beginnen.

Theorie, Fahrstunden und Prüfung boxten wir in weniger als drei Monaten durch und schließlich und endlich wurde aus dem kleinen Nikola ein waschechter Fahrer.

Mit dem Führerschein in der Tasche fühlte ich mich reicher, als wenn mir jemand zu der Zeit halb Köln geschenkt hätte.

Allerdings war mir auch klar, dass ein Führerschein ohne Auto praktisch wertlos war. Es war kurz vor Neujahr und Dragan und ich wollten unbedingt das erste Mal mit eigenem Auto nach Jugoslawien fahren. Also gingen wir los und kauften einen Opel Admiral. Er war wie ein Lada, er schwamm förmlich über die Straße. Doch er war recht groß, hatte sechs Zylinder und verbrauchte 15 Liter. Das war uns aber alles egal, Hauptsache wir kamen in Jugoslawien an.

Alles verlief mehr oder weniger nach Plan. Wir fuhren durch das ganze Land und letztlich von Serbien nach Bosnien, wo die Eltern von Dragan lebten und die uns mit lokalen Spezialitäten erwarteten. Getrocknetes Fleisch, heiße Rakija und vieles mehr, was ich vorher noch nie gegessen hatte.

Das alles war für mich eine unvergessliche Zeit, wie man daran merkt, dass ich mich nach all den Jahren heute immer noch daran erinnere und hier niederschreibe.

Wir blieben ungefähr zwei Wochen, bevor das Geld knapp wurde. Dann hieß es für uns zurück auf die Baustelle nach Deutschland.

Das Wohnen in Baracken fing an, langweilig zu werden, zumal wir jetzt in der Lage waren, in eine Wohnung zu ziehen, wie normale Menschen. Wir entschieden uns also dafür, in irgendeine Wohnung zu ziehen, Hauptsache weg von den Baracken.

Ein Freund, den ich dort kennenlernte, Rade, fand eine Wohnung in Köln-Dünnwald. Er heiratete übrigens etwas später und ich wurde auch sein Trauzeuge. Außerdem durfte ich seiner Tochter, die kurz darauf geboren wurde, ihren Namen geben, Monika.

Die Wohnung jedenfalls war in einem alten Haus. Die anderen hatten den Großteil der Wohnung unten und ich hatte ein kleines Zimmerchen oben für mich.

Das war ca. 1973 und auch diese Jahre vergingen und wir wurden immer selbständiger. Wir waren 4-5 Kumpels und keiner hat darauf geschaut, wer was verdiente oder wer was ausgab. So langsam fing es an, dass sich so etwas wie ein finanzielles Budget entwickelte. Ich schickte jeden Monat 100 D-Mark zu meinem Vater nach Bošnjane, sodass er immer abgesichert war.

Wie gesagt, wir lebten zwar alle zusammen in einer Wohnung, aber jeder fing an, sein Leben zu leben. So war es mein Freund Mirko, von dem ich hier schon erzählte, der sich eines Tages ein fast neues Auto kaufte, einen Opel Kadett. Das Leben war mittlerweile besser geworden, als noch wenige Jahre zuvor, aber wir arbeiteten auch hart dafür.

Mirko und ich fuhren nun regelmäßig nach Paris, weil er eine Cousine dort hatte, die mit einem Franzosen verheiratet war, der eine Firma besaß, die Cognac herstellte.
Paris war knapp 500 km entfernt, sodass wir meistens Freitag abends hinfuhren und sonntags zurück, um Montag wieder zur Arbeit zu können.

Seine Cousine hat uns da mit ein paar Mädels bekannt gemacht, die auch aus Jugoslawien kamen und auf einmal waren wir deren feste Freunde.

Zumindest dachten sie das. Wir nahmen das alles nicht so ernst, aber sie hatten ernstere Absichten. Und so verbrachten wir fast jedes Wochenende in Paris bei unseren „Freundinnen".

Nach ein paar Monaten wollte Mirkos „Freundin" ihn heiraten und eine große Hochzeit in Paris feiern. Ich hatte weder den Wunsch, noch die Absicht etwas Ähnliches mit meinem Mädel zu machen, aber Mirko und seine Dame waren da schon einen Schritt weiter.

Es kam, wie es kommen musste. Die Hochzeitsfeier wurde geplant und ein Restaurant mitten in Paris wurde gemietet. Es wurde dick aufgefahren mit Spanferkel, Rakija ohne Ende, Torten und vieles mehr. Gitarristen, Ziehharmonika und Bass spielten jugoslawische Lieder und das Fest begann. Es wurde bis in die Puppen gefeiert, gegessen, getrunken, gesungen und getanzt. Den Ziehharmonikaspieler kannte ich sogar, er kam aus der Nähe von Rača.

Es war gegen drei oder vier Uhr nachts uns wir waren alle gut dabei. Einige waren so betrunken, dass sie komplett hinüber waren.

Für Mirko war das alles immer noch nicht so richtig ernst, aber er genoss die Feier und alles war gut.

Wie gesagt es war spät in der Nacht und Mirko und ich gingen mit unseren Mädels ein wenig spazieren, um von dem Lärm auf der Feier etwas wegzukommen. Wir fuhren ein wenig durch Paris und aus heiterem Himmel sagte Mirko zu seiner Freundin, das er und ich vergessen hätten, Geld zu wechseln und ob sie uns nicht das Auto volltanken könnten, sodass wir wieder nach Köln kommen konnten wegen der Arbeit. Wir versprachen, dass wir nächstes Wochenende wiederkommen und ihnen das Geld zurückgeben würden.

Sie taten uns den Gefallen und wir verabschiedeten uns von ihnen. Allerdings sind wir seitdem nie wieder nach Paris gefahren, weil die ganze Sache irgendwie ihren Reiz verloren hatte.

Kurz nach unserem Paris-Abenteuer beschloss ich, mein eigenes Auto zu kaufen. Ich kaufte mir einen VW Käfer in orange.

Wir Kumpels lebten immer noch zusammen, aber jeder wurde für sich immer selbständiger. Jeder fuhr sein eigenes Auto, jeder hatte seine eigene Freundin, jeder hatte sein eigenes Leben.

Es war 1974 und die Frau meines Freundes Rade, dessen Trauzeuge ich war, Olga, bekam eines Tages einen Job als Tellerwäscherin in einem Restaurant. Dort arbeitete auch eine Mira, mit der sich Olga anfreundete.

Und weil Olga einen hinreißenden jungen Mann kannte, der zufällig der Trauzeuge ihres Mannes war (das war ich!), stellte sie Mira und mich einander vor.

Wir fingen an, uns hin und wieder zu treffen und nach einiger Zeit häuften sich unsere Treffen. Aber wir erwarteten beide nicht wirklich, dass sich daraus etwas Festes entwickeln würde. Doch die Zeit verging, und wir kamen uns immer näher.

Ich zog unterdessen in eine kleine Souterrainwohnung in der Blumenthalstraße. Nichts besonderes, ein einfaches Zimmer nach hinten raus. Ein Zimmer zwar, aber meines. Das erste Mal meine Wohnung mit meinem Namen an der Klingel. Das machte mich schon etwas stolz.

Das bedeutete aber auch das erste Mal eine Verantwortung zu tragen, die ich so noch nicht kannte, denn bis dato lebte ich von heute auf morgen und machte mir nicht viele Gedanken darüber hinaus.

Mira fing an, mich in meiner Wohnung zu besuchen, und wir sprachen über Gott und die Welt. Sie erzählte, wie sie schon mal verheiratet war, dass sie bereits zwei Kinder hatte, die momentan noch in Kroatien lebten, usw.

Ich hatte nicht viel, was ich ihr von mir erzählen konnte, aber ich erzählte ihr, wer ich bin und woher ich komme. Das war aber alles nur halbherzig, denn wir nahmen die ganze Sache immer noch nicht richtig ernst.

Doch nach einiger Zeit ließ jeder seine Abenteuer bei Seite und unsere Beziehung wurde ernsthafter.

Im Sommer 1974 fuhr ich in den Urlaub nach Hause nach Serbien. Wir verabredeten uns, dass sie mich dort besuchen kam, damit ich ihr zeigen konnte, woher ich komme.

Das traf sich gut, denn zu der Zeit leistete ihr Bruder Franjo gerade seinen Wehrdienst in Kragujevac und so konnte sie ihren Besuch bei mir mit einem bei ihm verbinden. Sie kam mit dem Auto und ich wartete in Belgrad auf sie. Anschließend fuhren wir nach Bošnjane und ich stellte sie meiner Familie vor. Danach fuhren wir weiter, um ihren Bruder zu besuchen.

Nach ein paar Tagen fuhr sie zurück nach Kroatien und auch ich musste wieder zurück auf die Arbeit nach Deutschland, wo wir uns später wieder trafen. Die Zeit verging, aber irgendwie wollte unsere Beziehung nicht wirklich vorankommen.

Mittlerweile war es Sommer 1975 und sie ging, so wie jedes Jahr, mit ihren Söhnen ans kroatische Meer und ich fuhr wieder nach Hause nach Serbien. Zu dieser Zeit waren unsere Verhältnisse nicht besonders gut, so hatte sie es zumindest aufgefasst. Und mir kam der Gedanke, dass ich vielleicht auch etwas Zeit mit ihr am Meer und bei ihrer Familie verbringen sollte, so wie sie es im Jahr zuvor bei mir getan hatte.

Mira war bereits am Meer in Opatija, und nachdem ich ein paar Tage zu Hause verbracht hatte, setzte ich mich in meinen VW Käfer und fuhr nach Kroatien. Ich fuhr zunächst zu ihrer Mutter, um die genaue Adresse in Opatija zu erfahren, wo Mira und ihre Jungs wohnten. Doch die Mutter wusste die Adresse nicht, lediglich, dass sie bei einer älteren Dame dort wohnen würden. Ich bedankte mich und sagte, dass ich sie schon finden würde. Daraufhin fuhr ich los Richtung Meer.

Die Fahrt fiel mir nicht leicht, denn der Weg war lang und ich kannte die Strecke nicht. Ich kam gegen drei oder vier Uhr morgens in Opatija an, wo jedermann noch am schlafen war. Deswegen fuhr ich auf einen Parkplatz, um auch ein wenig Schlaf zu finden und mich von der Fahrt zu erholen.

Als ich wieder aufwachte, war es helllichter Tag und die Menschen tummelten sich schon auf der Straße. Ich fuhr langsam los und kurvte etwas durch den Ort. Es verging auch nicht viel Zeit, als zwei Jungs gerade mit Brottüten aus einer Bäckerei kamen und mein Auto wieder erkannten. Es waren Miras Söhne und sie liefen auf mich zu und hielten mich an. Ich fragte sie, wo sie wohnen würden und wo ihre Mama war.

Sie stiegen ein und wir fuhren alle gemeinsam zu der Adresse, wo sie wohnten. Als Mira mich erblickte, erstarrte sie urplötzlich. Ich wusste nicht, ob aus Freude oder Wut, aber nach einem kurzen Gespräch normalisierte sich die Situation allmählich und von da an wurde unsere Beziehung immer besser. Wir verbrachten den Großteil unseres Urlaubs miteinander. Kurz bevor er vorbei war, fuhren sie und ich zu jeweils unseren Familien zurück. Danach fuhr jeder für sich wieder zurück nach Deutschland.

Auf dem Rückweg nahm ich Mirkos Mutter und seinen damals kleinen Sohn Saša mit, dessen Patenonkel ich war und der ebenfalls seinen Namen von mir bekommen hatte. Wir fuhren aus Palanka los Richtung Deutschland. Ich fuhr einen ganzen Tag und fast die ganze Nacht und wir konnten nicht ein einziges Mal richtig Pause machen, damit ich mich etwas ausruhen konnte. Denn sobald ich stehen blieb, fing das Kind an zu weinen. So fuhr ich erschöpft und ausgelaugt weiter Richtung Köln und es passierte, was passieren musste. Ungefähr 35 km vor Köln schlief ich hinterm Steuer ein und fuhr ungebremst in eine Baustelle und wurde erst wach, als das Auto zum Stehen kam. Mirkos Mutter und

Saša saßen hinten, sodass ihnen außer einem Schock nichts weiter passiert ist. Auch ich hatte zum Glück außer einem tierischen Schock nichts, aber mein Auto war komplett Schrott.

Der Abschleppdienst kam und brachte uns nach Köln und ich war heilfroh, dass uns nichts passiert ist. Einige Tage später erhielt ich die Rechnung für alles. 1200 D-Mark und sechs Monate Fahrverbot.

Das war insofern ungünstig, da ich die ganze Zeit auf Montage war und daher auf meinen Führerschein angewiesen war. Aber ich hatte Glück, dass meine Firma Liesegang gerade eine neue Baustelle in Köln eröffnete. Die Mülheimer Brücke sollte renoviert werden und ich bat meinen Chef, mich dort einzuteilen.

Er bewilligte netterweise meinen Antrag und so arbeiteten Dragan und ich ein Jahr lang an der Mülheimer Brücke, sodass ich währenddessen meinen Führerschein wiederbekam und ich in der Zeit mein Auto langsam, aber sicher, wieder fahrbar machen konnte.

Und somit ging das Leben wieder seinen gewohnten Gang.

Es war nun 1976 und meine Mira wurde schwanger mit Marina und so beschlossen wir, dass wir von nun an unser Leben gemeinsam verbringen wollen. Wir beeilten uns nach Bošnjane zu kommen, denn dort heirateten wir im Dezember, bevor wir kurz darauf wieder nach Deutschland zurückkamen.

Anfang Februar 1977 war Miras Bruder Franjo zu Besuch bei uns. Meine, nun durfte ich es ja sagen, Frau war kurz vor der Entbindung. Ich musste zu der Zeit auf Montage, sodass ich nicht zu Hause bei ihr bleiben konnte. Eines Tages, genauer gesagt am 15. Februar abends, musste meine Frau ins Krankenhaus, denn die Geburt kündigte sich an.

Sie war also im Krankenhaus und ich kam an und musste ins Wartezimmer vor den Kreißsaal. Ich schlief ein und in den frühen Morgenstunden am nächsten Tag kam eine Krankenschwester zu mir und fragte, ob ich „Jovičić" wäre.

Ich war noch völlig verschlafen und nickte nur stumm. Sie lächelte und sagte, dass ich gerade Vater geworden war und eine Tochter bekommen hatte.

Angst beschlich mich auf einmal und ich war leicht unter Schock. Ich ging in den Kreißsaal, um mein Kind und meine Frau zu sehen und als ich eintrat und beide sah, erfüllten Freude und Glücksgefühle meinen Körper. Ich war nun Vater!

Ich begann, das Leben ernsthafter zu betrachten, denn ich hatte nun eine Verantwortung meiner Familie gegenüber. Ich arbeitete viel auf Montage, doch nun fing ich an, auch privat viel zu tun.

Ich mochte es, alles Mögliche auszuprobieren und zu lernen. So habe ich Franjo Penava kennengelernt. Er hatte damals ein Restaurant namens „Zweipann" und er brauchte meine Hilfe bei jeder Gelegenheit, um etwas in seinem Restaurant zu machen.

Eines Tages kam ein Freund, Voja Vasić, der eine Gas- Wasserfirma hatte. Er sollte bei Franjo im Restaurant die Zentralheizung installieren.

Voja und ich kannten uns vom Fußball, ich spielte zu der Zeit im Verein FC Jugoslavija in Köln. Wie gesagt, Voja und ich kannten uns schon relativ gut, denn wir haben zwischendurch immer mal wieder privat zusammen gearbeitet. Das kam mir stets gut gelegen, denn so konnte ich immer neben meinem Hauptjob noch gutes Geld verdienen. Dabei ging es mir nie ums Geld. Ich habe das aus Freundschaft gern getan und was noch wichtiger war, ich konnte dabei noch ein neues Handwerk lernen.

Ich lernte schnell, wie man Kupferrohre schweißt, und so konnte ich bald die gesamte Gas-

Wasser- Heizungsinstallation in Franjos Restaurant durchführen.

In der Zeit schaffte ich es auch, meinen LKW-Führerschein zu machen. Ich dachte mir, falls ich aus irgendeinem Grund zurück nach Jugoslawien musste, würde ich mir einen LKW kaufen und als Spediteur arbeiten. So könnte ich weiter einen Beruf ausüben und wäre weiter auf der sicheren Seite.

Ich hatte immer einen Plan in der Hinterhand. Für den Fall, dass ich aus irgendeinem Grund meinen Job verlieren sollte, würde ich immer eine Alternative haben. So war es mein ganzes Leben lang, ich hatte immer einen Plan B.

Ich hatte nun also einen LKW-Führerschein und eines Tages bekam ich ein sehr interessantes Angebot von meinem damaligen Fahrlehrer. Er bot mir an, auch meinen Busführerschein bei ihm zu machen. Hierzu muss man wissen, dass er damals eine Leidenschaft für Tauben hatte und auch einen eigenen Taubenschlag besaß, den ich später auch im höchsten Maße gepflegt habe. Er bot mir also an, dass ich ihm helfe, eine Taubenmesse in Dormagen vorzubereiten und durchzuführen und im Gegenzug würde er mir kostenfrei zum Busführerschein verhelfen. Die Vorbereitung sowie Durchführung der Messe würde ungefähr sieben Tage dauern.

So kam es dann auch. Während der ganzen Aktion für die Messe fuhr ich den Bus mit den Tauben, was mein Fahrlehrer später offiziell als Fahrstunden verzeichnete. Kurz nachdem die Messe vorbei war, ging ich in die Fahrprüfung und bestand gleich im ersten Anlauf.

Was bedeutete das nun? Ich hatte jetzt noch einen Beruf, den ich alternativ ausüben konnte, falls es hart auf hart käme.

Und durch die nun nähere Bekanntschaft mit meinem Fahrlehrer Herrn Valder, eröffneten sich weitere Möglichkeiten für mich.

Er besaß ein Wohnhaus in Leverkusen mit zehn Wohneinheiten. Er stellte mich dort als Hausmeister ein. Später kaufte er noch ein Haus am Friesenplatz in der Brabanter Straße mit acht Wohneinheiten, wo ich ebenfalls als Hausmeister fungierte. Dieses Haus am Friesenplatz musste vorher jedoch komplett saniert und renoviert werden. Wir eröffneten eine riesige Baustelle, die ich während der ganzen Zeit parallel zu meinem Hauptjob betrieb. Das war alles viel zu viel für mich, aber ich konnte nun keinen Rückzieher mehr machen.

Ich arbeitete also 8-10 Stunden auf Montage und danach weiter privat. Und alles mit Vollgas. Die größten Arbeiten wurden unter der Woche geplant, und am Wochenende mit der Mannschaft im Akkord durchgeführt. Wir waren eine gute Truppe von zwei, drei, je nach Arbeitsaufwand auch von fünf, sechs Leuten.

Es wurde nonstop gearbeitet und bei so viel Arbeit kam auch das Geld nicht zu kurz. Zeitweise wusste ich gar nicht, wie viel ich genau verdiente, aber das war auch nicht so wichtig, denn es war ausreichend genug.

Durch die ganze Arbeit lernte man auch viele andere Berufe kennen. Komplette Haussanierung, Wände einreißen, wieder hochziehen, verputzen, glätten, streichen, sowie alle Installationen (Wasser, Strom, Heizung) und Fenster- und Türeinbau.

Dann kam noch Fliesen-, Laminat und Parkettlegen hinzu, sowie der komplette Küchen- und Badeinbau sowie Anschluss und kurz vorm Einzug noch der Möbelaufbau. Außerdem montierten wir noch Jalousien, Kronleuchter, Bilder und noch vieles mehr.

Um es kurz zu machen, es war ein Haufen Arbeit und viel Zeit, die dabei draufging, aber dafür war der Lohn entsprechend hoch.

Mit den Jahren wurde ich immer besser in meinen Berufen, sodass ich für alle Objekte, die ich betreute, die alleinige ausführende Kraft war. Unabhängig, ob Wohnung oder Haus. So habe ich später auch unsere drei Wohnungen komplett renoviert und in Topzustand gebracht.

Während dieser arbeitsreichen Zeit hier in Deutschland, arbeitete ich auch zu Hause in Bošnjane an unserem Haus so viel, wie ich konnte. Das größte Problem war die Zeit, die ich nie hatte und so musste ich immer während unseres Sommerurlaubes bei uns zu Hause arbeiten. Doch langsam, aber sicher, von Jahr zu Jahr hat man auch das geschafft.

Mitten in all dieser Arbeit kam 1979 mein Sohn Marko zur Welt. Mein Vater Bojko war so glücklich darüber, dass er mit Großvaters altem Gewehr in Bošnjane in die Luft schoss, denn sein Enkelsohn und Stammhalter „Prinz" Marko war angekommen.

Arbeit und Kinder

Durch die viele Arbeit und den Stress flog die Zeit damals nur so dahin. Die Jahre verstrichen im Nu.

Es war 1983 und wir mussten aus unserer Wohnung in der Blumenthalstraße ausziehen und zogen über das Restaurant unseres Freundes Franjo Penava, das ebenfalls ein paar Häuser weiter in der Blumenthalstraße war. Das war aber auch nur eine Zwischenlösung. Kurz darauf zogen wir dann in die Weißenburgstraße, wo wir uns letztlich langfristig niederlassen konnten.

Wie schon gesagt, die Jahre flogen nur so dahin. Die Kinder wurden schnell groß. Sowohl hier in Deutschland, als auch die anderen beiden in Kroatien. Auch für sie waren wir verantwortlich und kümmerten uns um sie, sodass sie ihren Weg gehen und ihren Platz in der Welt finden konnten. Und Gott sei Dank haben wir auch das geschafft, denn sie waren jederzeit ein fester Bestandteil unseres Lebens. Jedes Jahr, wenn wir ans Meer fuhren, halfen wir ihnen, bei allen möglichen Herausforderungen. Das alles hier aufzuzählen, würde sehr lange dauern, aber alles in allem kann man sagen, dass sie, so wie unsere Kinder hier, alle jeweils ein Dach über dem Kopf hatten und versorgt waren, was im Leben nicht immer selbstverständlich ist.

Ich arbeitete weiter unter anderem als Hausmeister bei Herrn Valder. Ich war verantwortlich für insgesamt 24 Wohnungen und ständig hatte jemand ein Problem, das ich beheben musste, sodass ich die ganze Zeit auf Achse war.

Wie ich schon erwähnte, hatte Herr Valder eine Vorliebe für Tauben und als er in Rente ging, widmete er sich komplett seinen Tieren. Er hatte ungefähr 150 Tauben und weil er es alleine nicht schaffte, sie zu betreuen, zu pflegen usw., musste ich nun auch hier aushelfen. Ich wurde zum Taubenfachmann. Ich wusste, wie man den Taubenschlag richtig reinigte und am Wochenende fuhren wir bis zu 200 km weit, um mit den Tieren unter anderem Flugverhalten zu üben und um zu schauen, wie sie sich insgesamt entwickelten, damit sie später an Wettkämpfen teilnehmen konnten. Das war alles ziemlich anstrengend, aber auch gleichzeitig unheimlich interessant.

Mittlerweile arbeitete ich für die Firma SAG (Starkstromanlagengesellschaft), wo ich auch ständig auf Montage war. Aber hier verdiente ich besser, weil ich zusätzlich zu meinem normalen

Gehalt auch noch Spesen bekommen habe. Von daher war das diesbezüglich in Ordnung, auch wenn es sehr anstrengend war. Ich ging jeden Morgen um 05:30 Uhr aus dem Haus und kam erst um 20.00 – 21:00 Uhr, manchmal auch erst um 22:00 Uhr nach Hause. Ich fuhr in der Zeit viel mit dem Auto auf die einzelnen Baustellen, bis zu 140 km pro Richtung am Tag. Ich war also ständig unterwegs, dann noch 8-10 Stunden Arbeit, da blieb vom Tag nicht viel.

Und wie ich schon erwähnte, unser Haus in Bošnjane verschlang auch viel Arbeit. So viel, dass ich mehrmals meinen Sommerurlaub um 2-3 Wochen krankheitsbedingt verlängern musste, um zumindest eine Arbeit am Haus fertig zu bringen.

1986 fuhren wir erneut in den Sommerurlaub nach Hause und wollten, wie gehabt, am Haus weiterarbeiten. Es war soweit alles durchgeplant, was gemacht werden musste. Wir fingen an zu arbeiten, und bevor man sich versah, war auch schon fast der ganze Urlaub vorbei. Da wir mit den Kindern allerdings noch ans Meer wollten, wir versuchten immer ans Meer zu fahren, musste ich meinen Urlaub krankheitsbedingt um 2-3 Wochen verlängern. Weil ich das zuvor jedoch schon mal so gehandhabt hatte, bekam ich dieses Mal die Kündigung von meiner Firma.

Meine Kollegen informierten mich umgehend, als sie davon erfuhren und meinten, ich sollte schleunigst zurückkommen, denn die Frist betrug 14 Tage, in der ich gegen die Kündigung angehen konnte. Wir packten also unsere Klamotten zusammen und fuhren Hals über Kopf direkt zurück nach Deutschland. Wir kamen an und tatsächlich hatte ich die Kündigung im Briefkasten. Ich informierte umgehend unsere Gewerkschaft und wir zogen gegen die Firma vors Arbeitsgericht. Wir klagten auf Unrechtmäßigkeit, da ich zum Zeitpunkt der Kündigung offiziell krankgeschrieben war und das nicht als Kündigungsgrund ausreichte.

Parallel sammelte ich Atteste und Diagnosen von Ärzten aus Jugoslawien, die belegten, dass ich nicht nur krankgeschrieben, sondern auch noch reiseunfähig war. Das Gericht brauchte einige Wochen, bis es alle Papiere sichten und beurteilen konnte. In der Zwischenzeit musste mich die Firma weiter beschäftigen. Doch dann bekam ich eines Tages einen Anruf, ich sollte mit meinem Gewerkschaftsanwalt vor Gericht erscheinen. Zu dem Termin erschien auch der Oberboss von SAG.

Der Richter verlas das ganze Protokoll und entschied am Ende, dass die Kündigung tatsächlich unrechtmäßig war und dass die Firma mich weiter beschäftigen musste.

Alle waren überrascht, denn niemand hatte mit diesem Ergebnis gerechnet und hatten mich schon abgeschrieben. Aber der Richter hatte anders entschieden, und so hatte die Firma keine andere Wahl, als mich wieder voll aufzunehmen.

Vielen war ich nun ein Dorn im Auge, ein Störenfried. Ich bemerkte, wie mich viele auf der Arbeit schief anguckten. Am meisten hatte es meinen direkten Vorgesetzten Melzer gestört, denn es stellte sich heraus, dass er es war, der mich weghaben wollte und deswegen meine Kündigung angestoßen hatte.

Um mich zu bestrafen, schickte er mich auf Montage nach Krefeld. Das war 70 km entfernt. Ich hatte keine Wahl, ich musste das akzeptieren und fuhr von nun an jeden Tag nach Krefeld und zurück.

Nach einigen Monaten konnte ich den Arbeitsbereich für meine Firma in Krefeld erweitern, was ihr zusätzliche Aufträge einbrachte. Das bedeutete für mich, dass ich Unterstützung bekommen musste, um die zusätzliche Arbeit im Sinne der Firma umsetzen zu können. Die Unterstützung kam in Form eines Kollegen und Freundes aus Köln, Drago

Đurić, mit dem ich von nun an zusammen zur Arbeit fuhr. Das war eine große Erleichterung, denn einerseits musste ich nicht mehr alleine fahren und andererseits konnten wir uns nun mit dem Fahren abwechseln.

Wir schafften es nach und nach, den Einfluss der Firma in Krefeld noch zu erweitern, sodass wir später mit 5-6 Kollegen unseren eigenen Arbeitsbereich dort hatten. Da ich der Erste vor Ort war, hatte ich nun auch die Leitung. Nach ungefähr zwei Jahren war unser Einflussbereich so groß, dass wir in Krefeld eine eigene Werkstatt bekamen.

Wir waren verantwortlich für die komplette Stromversorgung für den gesamten Bereich Krefeld weiter über Düsseldorf, darüber hinaus bis Duisburg-Kleve und den ganzen Niederrhein.

Alle waren zufrieden, meine Firma kassierte ordentlich ab und wir verrichteten unsere Arbeit. Wir waren praktisch selbständig. Sozusagen Vorgesetzter, Facharbeiter und Azubi in einem. Das war super, wir arbeiteten effektiv und gründlich und gleichzeitig konnten wir noch für private Zwecke unsere Möglichkeiten nutzen. Das war für mich ein Segen, denn als erfahrener Metallarbeiter konnte ich alles Mögliche zusammenschweißen und wieder neu herstellen. Zum Beispiel Eisentore für Grundstückseinfahrten, Kupfergitter für Fenster oder viele andere Sachen.

Als die Bereichsleiter aus Krefeld sahen, was ich alles konnte, fingen sie an, mich auch privat zu beschäftigen und weiter zu empfehlen, sodass ich ungefähr 3-4 Jahre fast mehr privat gearbeitet habe, als für die Firma. Aber wen interessierte das am Ende? Wenn ich für sie arbeiten konnte, dann konnte ich auch für mich arbeiten.

Bei der Gelegenheit habe ich auch die Fenstergitter für Markos Wohnung gebaut und angebracht. Und nicht nur das. Während der Renovierung seiner Wohnung kam der Hauptverantwortliche aus Krefeld mit seinem Schwager und hat die Strominstallation an einem Wochenende durchgeführt. Inklusive neuem Stromkasten, Stromzähler sowie Sicherungskasten. Natürlich waren das Gefälligkeitsarbeiten, nach dem Motto „Wie du mir, so ich dir", aber alle waren zufrieden damit. Das ganze Material musste natürlich normal bezahlt werden, aber auch hier nutzten wir die Möglichkeiten über die Firma, sodass alle am Ende zufrieden waren.

Ich muss dazu sagen, dass das alles auf einer fairen Basis stattfand, denn neben all dem, was ich privat arbeitete, verschaffte ich der Firma und meinen Kollegen immer wieder neue Aufträge, bei denen ich ihnen dann auch privat behilflich war, so wie sie mir mit dem Strom in Markos Wohnung.

Man konnte gar nicht gegeneinander aufwiegen, wer wie viel für wen was getan hatte. Das war zu der Zeit normal, dass man sich gegenseitig auf kollegialer Ebene half, wenn man konnte. Heutzutage findet man sowas nicht mehr so häufig.

Ich arbeitete insgesamt 14,5 Jahre in Krefeld und von den 33 Jahren in der Firma SAG, war das die schönste Zeit für mich. Doch es kam die Zeit, dass wir aus unbekannten Gründen nach und nach aus Krefeld abgezogen wurden. Ob wir zu teuer wurden oder es andere Gründe gab, weiß ich nicht, aber am Ende blieb ich als letzter dort.

Ich konnte mich einfach nicht mit dem Gedanken anfreunden, dass ich nach 15 Jahren wieder raus auf Baustellen fahren und mich bei Wind und Wetter durch den Matsch und Regen arbeiten sollte. Ich konnte es bis zum Schluss nicht glauben und doch trat es ein.

Sie teilten mich auf eine Baustelle in Rommerskirchen ein, wo ich tatsächlich nach 15 Jahren wieder dicke Arbeitsstiefel anziehen und mich durch den Schlamm wühlen musste.

Es fiel mir wirklich schwer, nicht unbedingt wegen der Arbeit an sich, viel mehr wegen der Bedingungen dort. Ich hatte mittlerweile immer wieder Probleme mit der Wirbelsäule, sodass ich immer öfter zum Arzt musste. Mal krankgeschrieben, mal arbeiten, so verging die Zeit allmählich.

Mittlerweile war ich einer der Dienstältesten in der Firma und so gaben sie mir verhältnismäßig leichtere Aufgaben. Doch auch das war nicht wirklich zufriedenstellend für mich, denn nach wie vor waren die Arbeitsbedingungen schlecht für mich und außerdem trauerte ich immer noch meiner Zeit und meiner Arbeit in Krefeld nach.

Mein 63. Geburtstag war nicht mehr weit und ich begann darüber nachzudenken, so früh wie möglich in Rente zu gehen. Zu der Zeit konnte ich mit 63 Jahren und 7,2% Abzügen in Rente gehen. Ich übergab die ganzen Anträge sowie meine Krankheitsgeschichte den zuständigen Stellen. Es verging einige Zeit und irgendwann kam die Bestätigung, dass ich mit 7,2% Abzügen in Rente gehen könnte. Ich akzeptierte, stellte allerdings den Antrag, dass man mich für 50% arbeitsunfähig bescheinigte, sodass ich ohne Abzüge in Rente gehen konnte. Zweimal wurde der Antrag abgelehnt, beim dritten Mal hat es geklappt. Ich ging in Rente ohne Abzüge.

Die Rente war gut um die Hälfte weniger, als das, was ich bisher verdiente. Das bedeutete, dass wir nach all den Jahren aus unserer Wohnung raus mussten. Die Miete betrug 700 Euro und meine Rente 1.600 Euro. Das war für mich unbegreiflich und diese Rechnung gefiel mir überhaupt nicht. Und so überlegten wir, ob es nicht sinnvoller wäre, eine Wohnung zu kaufen, als wieder irgendwo eine zu mieten.

Wir suchten also eine Eigentumswohnung. Zwei Zimmer, 50-60 qm egal wo in Köln, Hauptsache, die Gegend wäre für uns gut gelegen und gefällt uns. Wir waren an unterschiedlichen Orten, aber immer gab es etwas, was uns störte.

Marko und Marina hatten mittlerweile schon ihre Eigentumswohnungen. Diese waren komplett renoviert und eingerichtet, sodass von der Seite alles im Reinen war und ich niemandem etwas schuldig blieb.

Das Problem war nun, dass viele meiner privaten Arbeitskontakte mitbekommen hatten, dass ich in Rente war. Sie baten mich vielerorts um Gefälligkeiten, da ich nun auch mehr Zeit hatte. Renovierung von Wohnungen, Häusern, Gärten, usw., doch das war alles zu viel für mich, denn irgendwann arbeitete ich mehr, als vorher in der Firma. In der

Zeit renovierte ich gerade die Wohnung eines Bekannten, Thomas Meures, als wir unsere Wohnung in Köln-Buchheim fanden.

Die Wohnung und das Drumherum gefielen uns, der Preis war ok, aber sie musste mindestens teilweise noch renoviert werden. Das hieß, wir haben Wohn- und Schlafzimmer neu gestrichen, alle Türen neu lackiert und überall neues Parkett verlegt. Es gab zwar noch mehr zu tun, aber wir wollten so früh wie möglich die 700 Euro Miete loswerden. Wir kauften also die Wohnung und zogen ein. Ungefähr zwei Jahre später haben wir noch Küche und Bad neu gemacht, sodass die Wohnung praktisch wie neu war, und wir hatten ein großes finanzielles Problem gelöst.

Langsam aber sicher fuhr ich mein privates Arbeitspensum immer weiter runter, denn ich wollte von nun an mehr Zeit zu Hause in Bošnjane verbringen. Mit der Rente konnte ich jetzt gut leben, denn die Miete fiel nun weg.

Im Mai 2010 ging ich in Rente und es war schön, nicht mehr so viel arbeiten zu müssen, sondern nur noch, wenn ich es wollte. Wir waren bis zu sechs Monaten in Bošnjane, manchmal sogar noch länger, das war toll.

Dann kam 2013 und ich musste dringend operiert werden. Ich hatte einen Tumor am Dickdarm. Die OP verlief gut und ich konnte entlassen werden. Gott sei Dank war wieder alles ok, der anfängliche Schock legte sich wieder und das normale Leben ging wieder seinen Gang.

Bis 2017, da musste ich wieder unters Messer und wieder am Dickdarm. Doch dieses Mal verlief es komplizierter.

Das reicht nun, ich kann hier nicht mehr weiter-schreiben ...

Nachwort des Autors

Der Krebs kam 2017 zurück. Noch vier Jahre zuvor sagten uns die Ärzte, dass der Tumor zwar erfolgreich entfernt werden konnte, einige Krebszellen jedoch entwichen seien und es wahrscheinlich wäre, dass irgendwann eine weitere Behandlung notwendig werden würde. So kam es auch. Nach der Diagnose 2017 ging mein Vater durch mehrere Therapien. Denn neben dem Krebs, bekam er nun auch Probleme mit den Nieren, sodass auch hier diverse Eingriffe gemacht werden mussten. Sein Körper zollte dem Leben Tribut, welches er geführt hatte.

Doch die größte Leistung hob er sich bis zum Schluss auf. Als es immer wahrscheinlicher wurde, dass der Krebs siegen würde und die meisten sich an diesem Punkt ihrem Schicksal ergeben hätten, tat er das, was er seit seiner Kindheit immer getan hatte. Er kämpfte. Für ihn gab es nie eine Alternative dazu.

Sein Motto lautete immer: „Leben ist Kampf!"

Er kannte es nicht, aufzugeben oder etwas nicht zu tun, was getan werden musste. Und hier spiegelt sich die wahre Größe seines Wesens wieder. Zu wissen, dass man den Kampf nicht gewinnen kann und trotzdem weiterzumachen ist die höchste Stufe des Mutes, die ein Mensch erreichen kann. Und so kam sein Ende letztlich schmerzlos und würdevoll.

Mein Vater starb am 12. März 2021 im Kreise seiner engsten Familie und wurde seinem Wunsch entsprechend in seinem Heimatdorf Bošnjane neben seinem Bruder Žile beerdigt.

Glossar

Banja Luka: Banja Luka ist eine Stadt im Norden von Bosnien und Herzegowina mit ca. 200.000 Einwohnern (2021) und ist ungefähr 430 km von Bošnjane entfernt

Bošnjane: Ein 200-Seelendorf im Herzen von Serbien und der Geburtsort von Nikola Jovičić

Burek: Ein traditionelles Teiggericht vom Balkan, üblicherweise mit Käse oder Fleisch gefüllt

Čika: Hier: Onkel

Dinar: Jugoslawische und heute noch serbische Währung

Dragi moj ćale: Sinngemäß: Mein lieber Papi

Goša: Goša FOM ist ein serbischer Schienenfahrzeug- und Ausrüstungshersteller mit Sitz in Smederevska Palanka, Serbien

Kolo: Der Kolo ist ein Reigentanz vom Balkan

Kragujevac: Die nächste Großstadt von Bošnjane aus gesehen mit ca. 35 km Entfernung und die viertgrößte Stadt in Serbien. Die Stadt selbst hat ca.150.000 Einwohner (2021)

Krnjevo: Krnjevo ist eine Ortschaft in der Gemeinde Velika Plana im in Serbien mit ungefähr 4000 Einwohnern (2021). Entfernung zu Bošnjane ca. 20 km

Kupusina: Ein Nachbardorf von Bošnjane ähnlicher Größe

Lada: Damals eine russische Automarke, heute (2021) Tochter von Renault

Palanka: Vollständig „Smederevska Palanka". Ist eine Stadt in Serbien mit ca. 25.000 Einwohnern (2021). Entfernung zu Bošnjane ungefähr 10 km

Pops: Koseform von Papa

Rača: Der Gemeindeort, zu dem Bošnjane gehört. Liegt 5 km entfernt und hat ca. 3000 Einwohner (2021)

Rakija: Ein Obstbrand, der meist aus Pflaumen hergestellt wird

Zeitfracht Medien GmbH
Ferdinand-Jühlke-Straße 7
99095 Erfurt, Deutschland
produktsicherheit@kolibri360.de